L'ALPHA
et
L'OMEGA.

Imprimerie Lithographique

de Gobert et Liron, Rue St. Martin, No. 79.

1829.

L'ALPHA
et
L'OMEGA.

Imprimerie Lithographique
de Gobert et Giron, Rue St. Martin, No. 79.
1829.

A mon ami Pierre

Bacon.

Souffle de l'Eternel est-ce toi qui m'inspire?
Le passé m'est ouvert! il m'est permis de lire
Au livre des destins!
Du néant fécondé le temps léger s'élance,
De gloire couronné, le Saint des Saints s'avance
Pour créer les humains.

A sa voix du chaos disparaît l'anarchie,
La matière, avec ordre, à l'instant se marie,
L'espace est limité;
Les ténèbres ont fui: cent globes de lumière,
Dans les cieux azurés inondent leur carrière
De feux et de clarté.

De la cime des monts, dans les grottes profondes,
En rapides torrens, je vois courir les ondes,
L'Océan s'est formé:
La Terre le domine, aride et sans parure,
Mais, au souffle de Dieu, de fleurs et de verdure
Son front s'est animé.

De chants harmonieux, au fond des verts bocages,
Le peuple des oiseaux, caché sous les ombrages,
Fait retentir les airs;
Les coursiers dans les bois bondissent avec grâce,
Mille poissons brillans nagent à la surface
De la vague des mers.

Sur ses vastes pivots la Terre se balance,
Et, dans l'immensité, Dieu, du doigt, en silence,
Lui désigne son cours;
Elle part comme un trait, et sur chaque hémisphère
Fait passer, en traçant sa route circulaire,
Les saisons et les jours.

L'Univers est construit : les brûlantes comètes,
Sillonnent, dans l'Ether, l'orbite des planètes,
L'Eternel est content :
Son regard calme et pur embrasse son empire,
Et le Verbe divin, appuyé sur sa lyre,
Se repose un instant.

Astres brillans des nuits! Soleil, flambeau du Monde!
Solitaires forêts! Mer fière et vagabonde!
Fleuves audacieux!
Célébrez du Très-Haut la grandeur infinie,
Des ravissans accords d'une sainte harmonie
Charmez le roi des cieux.

Mais tout reste muet! dans l'abyme de l'Etre
De tes travaux, Seigneur, l'humble et fragile maître
Se trouvait ignoré.
Dans son Verbe aussitôt l'Eternel se contemple,
Et d'après son image il va créer un temple,
A lui seul consacré.

A son commandement s'anime la matière,
Le premier des humains entr'ouvre sa paupière
Aux doux rayons du jour:
Étonné d'exister, avec crainte il se touche,
C'est Moi!... c'est encor Moi!... soudain sort de sa bouche
Un cantique d'amour.

« Ô toi, qui m'as créé, Puissance tutélaire
« Dans toute sa splendeur ta vérité m'éclaire,
« Ton nom m'est révélé!
« Du moteur éternel, noble et sublime ouvrage!
« Verbe de Jéhovah, dans ce désert sauvage
« Languirai-je isolé? »

« Au sein de ta grandeur, près d'un père qui t'aime,
« Sans principe et sans fin, tu jouis de toi-même
Dans ta triple unité:
« D'un amour chaste et pur ta cour est enflammée,
« De ses parfums divins, ton haleine embaumée
« Remplit l'immensité. »

« Que je suis loin, Seigneur, de ta béatitude !
« Je n'ai pas une voix, dans cette solitude,
« Qui converse avec moi :
« Je lis ta majesté dans toute la nature,
« Mais mon cœur a besoin d'une autre créature
« Qui me parle de toi. »

L'Eternel d'un sourire accueille son audace,
Et l'éclat de son front, illuminant l'espace,
Fait pâlir le Soleil :
Il s'assied à l'instant sur son char de victoire,
Et l'homme, que le Verbe éblouit de sa gloire,
S'endort d'un doux sommeil.

Des célestes palais, porté sur les orages,
Le Roi de l'Univers descend sous les ombrages,
Riche ornement d'Eden.
« Terminons nos travaux, donnons l'Etre à la femme
« Qu'ils ne soient pour toujours qu'une chair et qu'une âme
« Respirant dans l'hymen. »

«Des os du jeune époux je ferai sa compagne,
«Ses traits le charmeront, comme dans la campagne
«Le lis plaît à Zéphyr.»
Des fragiles humains la mère se modèle,
Et le Très-Haut, content de la voir aussi belle,
Est ému de plaisir.

De cheveux d'un or pur, sa tête est couronnée,
Et, de respect saisie, elle s'est prosternée
Aux pieds du Créateur;
«Ma fille», lui dit-il, «quitte cette posture,
«Suis mes pas en cherchons, dans ce bois qui murmure,
«Ton maître et ton bonheur.»

Ses regards azurés sont fixés vers la terre,
Et, telle qu'une biche et craintive et légère,
Son cœur est palpitant;
Dans un bosquet épais, parfumé par la rose,
Près du lit solitaire, où l'homme se repose,
Ils sont dans un instant.

Il s'écrie à leur vue: « Ô volupté suprême!
« Sans pompe et sans apprêts, le Tout-Puissant lui-même,
« Vient voir son serviteur! »
« J'ai comblé tes désirs, j'ai créé ta compagne,
« La bonté l'embellit, la grâce l'accompagne
« Sa don est la douceur. »

« Ouvrages de mes mains, de la fleur d'hyménée
« Composez une chaîne et longue et fortunée,
« Aimez-vous! aimez-moi!
« Sans crainte et sans chagrin coulez vos jours ensemble,
« Et qu'un nœud plein d'attraits à jamais vous rassemble
« Sous ma céleste loi. »

« D'innombrables enfans de ton sein vierge encore,
« Ô Mère des humains, vont se hâter d'éclore
« Pour ta félicité:
« Les feux du firmament, les sables du rivage,
« Ne pourront égaler le superbe assemblage
« De ta postérité. »

Il dit, et disparaît : telle une ombre légère,
Aux heures du matin, quand l'Aube nous éclaire,
Se dérobe à nos yeux.
Seule avec son époux Ève tremble et soupire,
Il voudrait lui parler, deux fois sa voix expire
Sous l'ardeur de ses feux.

« Ô mon âme ! ô ma vie ! épouse bien-aimée,
« Tous mes vœux sont comblés, l'Éternel t'a formée
« Pour embellir mes jours !
« Ineffable bonheur ! je vivrai dans toi-même,
« De l'aurore à la nuit je te dirai : je t'aime !
« Je t'aimerai toujours ! »

« Le Ciel est dans tes yeux ! ton séduisant sourire
« A mes sens éperdus cause un tendre délire ;
« Mon cœur est agité ;
« Ton aspect m'est plus doux qu'à la fleur épuisée,
« N'est le cristal brillant d'une fraîche rosée ;
« Au soir d'un jour d'été. »

Il dit: Ève aussitôt: « comme une vive flamme,
« Comme un rayon du jour, ta voix remplit mon âme
« D'une brûlante ardeur;
« T'aimer est mon devoir; te plaire est mon envie;
« Heureuse si je suis le charme de ta vie,
« Ta gloire est ton bonheur! »

Dans un chaste baiser leurs âmes se confondent,
Leurs cœurs sont palpitans, leurs bouches se répondent
Par d'amoureux soupirs;
Retenez votre haleine, Aquilons du rivage,
Et vous, légers Oiseaux, cessez votre ramage,
Respectez leurs plaisirs.

Ô spectacle sublime ! ô comble d'épouvante !
de l'Ange Gabriel j'entends la voix tonnante
Qui remplit l'Univers !
Jusqu'en ses fondemens la Terre est ébranlée !
La Mer mugit au loin ! la lumière est voilée !
Les tombeaux sont ouverts !

Dans les cieux vacillans quels milliers de planètes,
De soleils enflammés, de brillantes comètes,
Se choquent avec bruit !
Quel pinceau peut tracer cette horrible agonie ?
Un souffle du Seigneur formait leur harmonie,
Un souffle la détruit !

Le Trépas et le Temps, dans cet affreux naufrage,
Roulant sur des débris, se disent avec rage :
« Notre règne est passé ! »
En vain l'immensité composait leur royaume
Il s'est évanoui, comme un obscur fantôme,
Par le jour éclipsé.

Au choc des vents altiers, aux éclats du tonnerre,
Les morts, remplis d'effroi, s'élancent de la terre
En pâlissans essaims ;
Et, le cœur palpitant, ils marchent en silence,
Vers l'Ange redouté dont la juste balance
Va peser les humains.

Près du Trône éclatant où l'Eternel se place,
Tel qu'un vent orageux, chaque siècle s'amasse,
Vaguement agité ;
Tout orgueil s'est enfui, comme une ombre légère,
Et le troupeau des Rois, dans les rangs du vulgaire,
Se cache épouvanté.

Le crime est consterné, la vertu dans la crainte,
Le génie abattu vers la Trinité sainte
Tourne des yeux troublés;
Le chœur des Chérubins se tait en sa présence,
Et le Verbe divin prononce leur sentence
Aux Mondes assemblés.

» Ô vous, qui du malheur avez tari les larmes,
» Justes, mes bien-aimés, approchez sans allarmes,
» Entrez dans mon palais;
» Recevez des Élus l'immortelle couronne,
» C'est l'amour qui l'obtient, c'est l'amour qui la donne,
» Aimez-moi pour jamais! »

« Mais vous, dont les forfaits ont souillé la carrière,
« Et qui m'avez bravé jusqu'à l'heure dernière,
« Allez, fuyez, maudits! »
A ces mots foudroyans l'Enfer s'émeut de joie,
Satan sort de l'abyme, et contemple sa proie,
Avec d'horribles cris.

La matière se fond, le ciel partout s'écroule,
L'espace abandonné sur lui-même se roule,
Avec rapidité;
Le céleste parvis retentit de louanges,
Et le Très-Haut paraît au milieu des Archanges,
Dans son éternité.

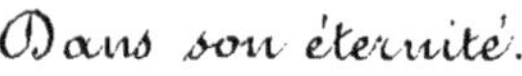

www.ingramcontent.com/pod-product-compliance
Ingram Content Group UK Ltd.
Pitfield, Milton Keynes, MK11 3LW, UK
UKHW021154230726
13926UKWH00001B/106

9 782014 429251